하늘을 날려거든 너의 두 팔과 두 손을 모두 버려라

차례

운명의 산

1 ~ 1

이드는 이제 마흔 하나가 된다.

다시, 삼 년 만에 운명의 산에 오른다.

'후회하지 않을 수 있을까?

날개를 얻는 대신에 내 두 손을 버릴 수 있을까?'

1~2

운명의 산은 이아투라 산맥의 한가운데에 있으며
운명을 바꾸어 주는 신이 있다는 절명의 언덕은
운명의 산 중 가장 높고 깊은 곳에 있다.
운명의 산은 사람의 산이 아니었다.
운명의 산에 갔다가 돌아온 사람들은 없었다.

1~3

사람의 바람으로 운명을 바꿀 수 있는 것인가?

이런 질문과 질문의 대답들은 태고적부터 있던 것이었다.

왜 어떤 생명들은 주어진 삶대로 살지 못하는 것인가?

이드처럼, 그리고 운명의 산에 갔었던 다른 사람들처럼?

이드는 왜 그토록 하늘을 날고 싶었던 것일까?

날개를 얻으면 새처럼 하늘을 날 수 있을까?

한가지 소원

2~1

그는 삼년 전에 이곳 운명의 산에 왔었다.

지도에도 없는 길을 스스로 찾아 일 년을 걸어온 걸음이었다.

운명의 산 속 절명의 언덕엔,

누구에게나

진정으로 바라는 한 가지 소원을 들어주는 신이 있다고 했다.

2~2

이드에게

'왜 하늘을 날고 싶은가?' 라는 질문은 의미 없는 것이었다.

이드는 오래 전부터 자신의 깊숙한 곳으로부터

하늘을 날고 싶은 간절한 욕망이 있음을 느꼈다.

아무도 올라간 적 없는 가장 높은 곳에 날아 오르고 싶었다.

'그 소원을 이룰 수 있다면... 정말 그곳, 운명의 산에 가면

내 몸에 날개를 달아 줄 운명의 신을 만날 수 있을까?'

2~3

여섯 달을 걸어 이아투라 산맥에 닿았고
다시 네 달을 걸어 운명의 산에 닿았다.
그리고 두 달을 더 걸어서 절명의 언덕에 올랐다.
운명의 산에는
절명의 언덕으로 오르는 길 하나밖에 없는 듯 했다.
'절명의 언덕에 오를 사람이 아니라면
운명의 산에 올 이유가 없겠지.'

2~4

구불구불한 길을 따라 두 달을 걸어가자,
돌은 있으되 죽어있지 않고 풀은 있으되 살아있지 않은
넓고 좁은 절벽에 다다를 수 있었다.
너무 높아서 땅이 보이지 않는 깍아지른 듯한 절벽.
'이곳이 절명의 언덕이구나.'

절명의 언덕

3~1

이드는 신을 찾기 위해 큰 소리로 울부짖었다.

'소리가 작으면 운명의 신이 듣지 못할 것이다.'

일주일이 지나자 목소리가 거의 나오지 않았다.

그 때 지나가던 바람 속에서 이런 이야기가 들리는 듯 했다.

"절대적으로 조용하라.

신은 가장 조용한 가운데 찾아올 것이다."

3-2

잠도 음식도 포기한 나날들.

보름이 지나자 비로소 신의 소리가 들렸다.

"특별한 이름을 가진 이여, 너는 아직 준비가 안 되었다!"

이드는 그 말을 받아들일 수 없었다.

'가장 소중한 가족과 친구, 세상을 버리고

일 년을 걸어서 이곳에 왔는데 준비가 안 되었다니,

그리고 나는 아무런 질문도 하지 않았는데...'

3~3

"신이시여 나는 아직 아무 말도 꺼내지 않았습니다.

허나 왜 여기에 왔는지 아시는군요.

제 입으로 이르겠습니다.

하늘을 날 수 있는 날개를 얻고 싶습니다.

그것을 위해서 모든 것을 포기하고 당신을 찾아왔습니다.

이제 제게는 잃을 것이 아무것도 없습니다.

저를 더 시험에 들게 하셔도 좋습니다.

다만 그 마지막 날에

하늘을 날 수 있는 날개를 제 등에 달아 주십시오."

3~4

신이 말했다.

"너는 시험에 들 자격조차 갖추지 못하였구나.

네 등에 날개를 달아 준다면 하늘을 날 수 있을 것 같은가?

네 등의 날개를 믿고 절명의 언덕 아래로 뛰어내릴 수 있겠는가?

새들이 등에 있는 날개로 날갯짓을 하던가?"

신은 이드의 중심을 향하여 이렇게 질문했다.

"너는 무엇으로 날개를 움직여 네 몸을 띄우겠는가?"

3~5

순간,

이드는 이제까지 느껴보지 못한 강한 힘으로

정수리를 얻어맞는 느낌이 들었다.

등에 있는 날개는 또 하나의 짐일 뿐이었다.

그리곤

그가 손을 뻗으면 닿을 거리에 신이 있다는 것을 깨달았다.

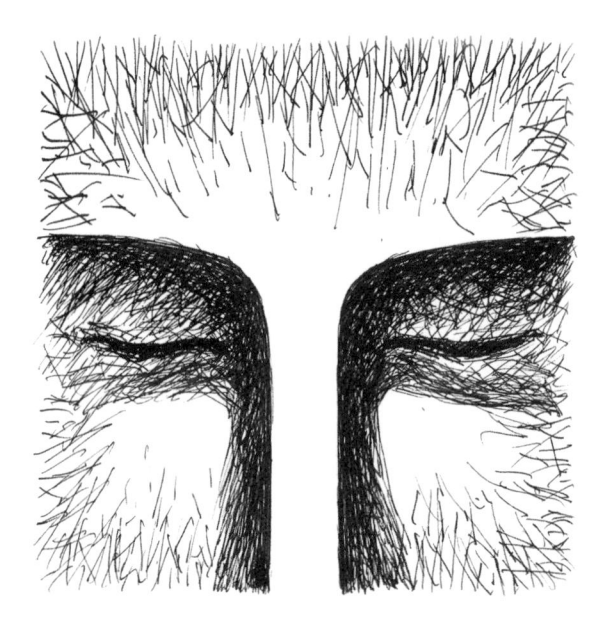

3~6

신이 다시 말했다.

"새들은 두 팔로 날갯짓을 하는 것이다.

날개는 네 팔과 네 손이다.

네 팔과 네 손을 버리지 않고서는

결코 하늘을 날 수 있는 날개를 얻을 수 없을 것이다.

자, 네 팔과 네 손을 버릴 준비가 되었는가?

정말로 날개를 얻을 준비가 되었는가?"

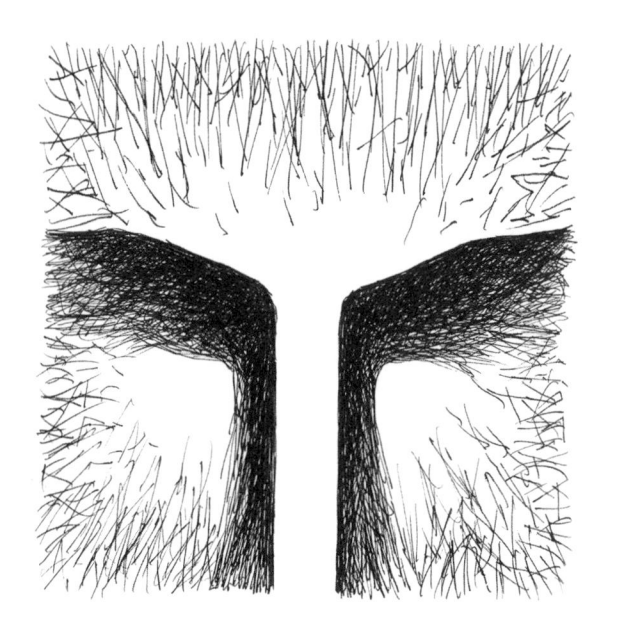

3-7

그 순간 이드는 몸이 얼어붙는 것 같은 기분이 들었다.

그리고 힘겹게 고개를 들어 하늘을 쳐다보았다.

하늘을 나는 새들이 보인다.

고개를 숙여 절명의 언덕 아래를 내려다 보았다.

사십년의 삶이 녹아있는 인간의 세계.

아직까지 그에게 손이 없다는 것은

날개가 없다는 것보다 더 비참한 일이었다.

3~8

이드는 생각한다.

'나는 팔과 손이 날개였다는 사실을,

팔의 근육을 휘적여야

비로소 이 무거운 육체를 띄울 수 있다는 당연한 생각을

아직 한 번도 해 본적이 없다.

나는 이제까지 결코 새의 날개에 녹아있는

팔과 손을 볼 수 있는 눈조차 가져본 적이 없었구나.

나는 준비가 안 되었구나.'

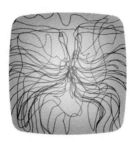

끝없는 상상

4-1

이드는 두 달을 걸어 절명의 언덕 아래로 내려왔고
다시 네 달을 걸어 운명의 산을 내려왔다.
다시 여섯 달을 걸어 이아투라 산맥을 벗어나서
자신이 살던 집으로 돌아갔다.
그것이 삼년 전의 일이다.

4-2

하지만 이드가 날기를 원하는 것은
몸 속 깊은 곳에서부터 오는 갈망이었다.
이드는 자신이 정말 날기를 원하고 있으며
무엇과도 그 욕망을 바꿀 수 없다는 것을 알았다.
'허나 팔과 손이 없어도 살 수 있을까?
정말 그럴까?'

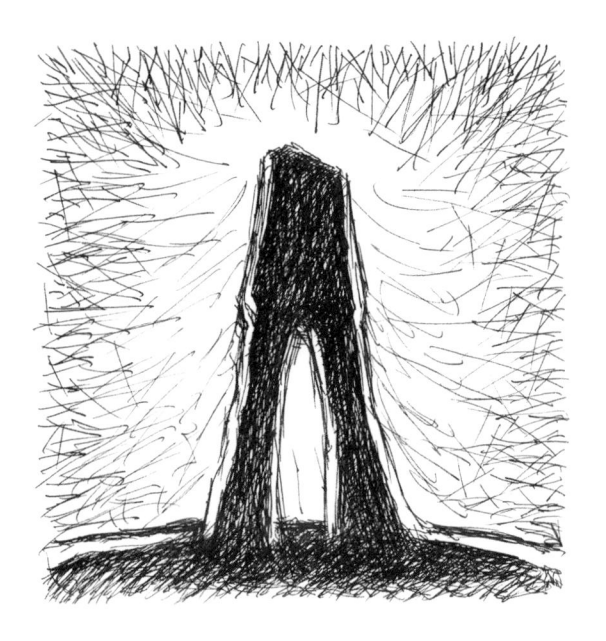

4~3

이드는 운명의 산에서 내려온 후
팔이 없는 상상을 하며 살아보았다.
두 팔을 뒤로 묶고
입으로 살고, 발로 살고, 몸으로 살아보았다.
그리곤 두 날개를 휘적이며 하늘을 나는 상상을 했다.
아니, 두 팔을 휘적이며 하늘을 나는 상상을 했다.

4-4

이드는 잠자리에 들 때마다
하루도 예외 없이 절명의 언덕에 오르는 상상을 했다.
'내 두 팔로 하늘을... 하늘을... 날 수 있을까?'
어느 날 이드는 꿈속에서
두 팔을 퍼덕이며 하늘을 날았다.

4~5

이드가 삼 년 만에 절명의 언덕에 다시 오른 이유는
두 팔로 하늘을 날 수 있을 것 같아서가 아니었다.
하루도 예외없이 상상 속에서 휘적여 봤지만
도저히 두 팔의 힘 만으론 하늘을 날 수 있을 것 같지 않았다.
십년이 지나도, 아니, 백년이 지난다 해도 말이다.

4~6

하지만 시험해 보고 싶었다.

이제 준비는 되었다.

두 팔이 없어도, 두 손이 없어도, 날개를 얻는다면

그 날개를 퍼덕거리며, 아니 두 팔을 퍼덕이며

절명의 언덕 아래로 뛰어 내려보고 싶었다.

비록 그 첫 몸짓이 생의 마지막이 된다 하더라도...

끝없는 상상

기다림

5~1

다시 찾아온 절망의 언덕에서 그는 조용히 숨을 죽였다.
가장 작은 모습으로 몸을 웅크리고 신의 음성을 기다렸다.
그리고 눈을 감았다.

기다림

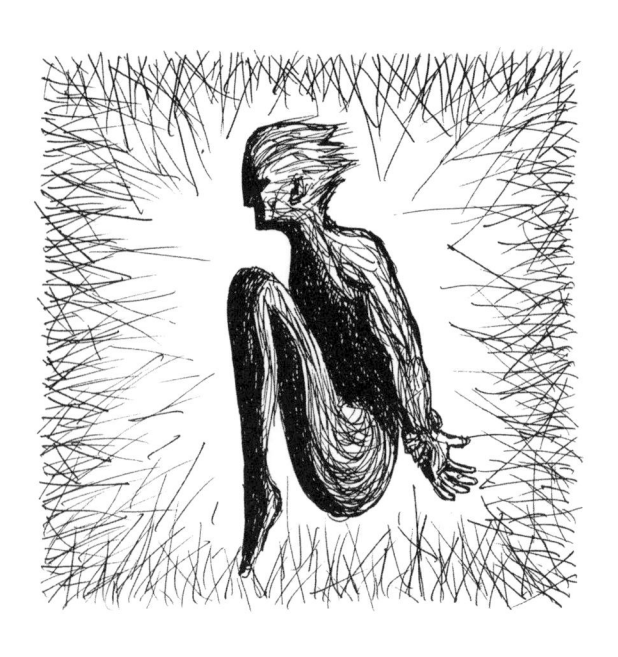

5-2

'처음부터 깊숙이 침묵할 것이다.

그것이 가장 빠른 시간에 신을 만나는 방법이 아닌가?

내 팔과 내 손이 날개로 변하기 전까지는

결코 눈을 뜨지도, 일어서지도 않겠다.

신을 만나기 전에 돌처럼 굳어버린다 해도

이 자세를 조금도 흐트러뜨리지 않을 것이다.

나는 이렇게 준비되었다.'

5~3

보이지 않는 세상에서 몇 날이 흘러가고 있는지

그는 알 길이 없었다.

점점 더 작게 숨을 쉬며 배고픔을 달랬다.

'첫 날갯짓에 날 수 있도록, 가장 가벼운 몸을 만들 것이다.

내 허기를 채우고자

내 뱃속에 밀어 넣은 다른 생명의 무게가

내가 하늘을 나는데 방해가 되게 하지는 않을 것이다.'

기다림

5-4

'결코 첫 날갯짓이 마지막 날갯짓이 되지 않게 할 것이다.'

기다림

5~5

얼마나 시간이 지났을까?

그는 신의 음성을 듣지는 못하였으나

자신의 몸이 변하고 있다는 것을 느꼈다.

'다시 찾아왔으니 왜 왔는지, 준비가 되었는지

물어볼 필요도 없었겠지.'

기다림

5~6

그는 어깨와 팔 근육의 변화에 온 신경을 집중하였다.

'눈을 뜨지도,

고개를 돌려서 내 몸을 쳐다보지도 않을 것이다.

남아있는 힘을 조금도 낭비하지 않을 것이다.'

기다림

변화의 시작

6~1

등 뒤로 마주 잡은 그의 손이 천천히 풀린다.

어깨 근육이 비대해지며 팔 꿈치가 점점 커진다.

이 생애엔 돌이킬 수 없는 일이 일어나고 있다.

'내 팔과 내 손이 변하여 날개가 되고 있다.'

6~2

언제쯤 이 변화가 끝날 것인가?
변화의 시작을 기다리는 것 보다
변화의 끝을 기다리는 것이 더 힘들다.
인간의 시간이 아닌 신의 시간이 흐르고 있다.
이드는 이제 인간이 아니니...
얼마의 시간이 더 흐른 것인가?
변화의 속도가 늦어진다....

다를 끝낼 것이다.

6~5

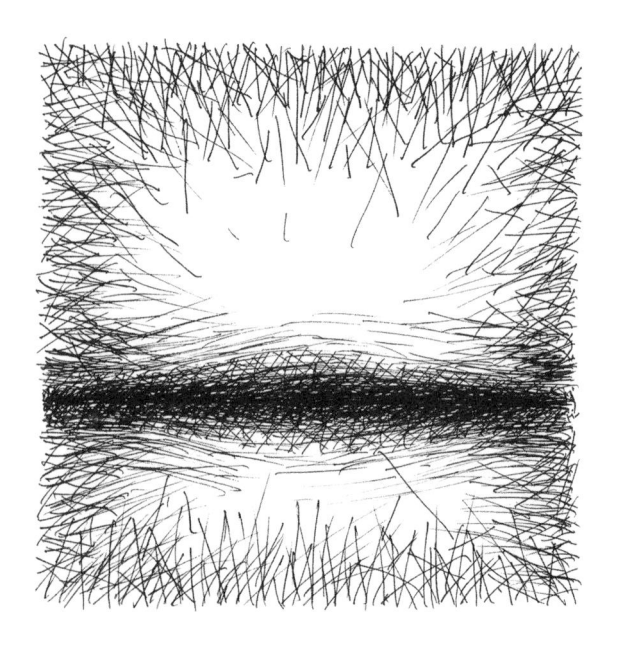

7~1

이드는 눈을 뜨지 못한다.

너무 오랜 시간 동안 눈을 감고 있었다.

눈을 뜰 힘조차 없는 것인지

아니면 변해버린 몸을 보기가 두려워

차마 눈을 뜰 수가 없는 것인지 알 수 없었다.

7-2

돌처럼 굳어버린 몸을 천천히 일으킨다.

발이 아닌 무언가가 땅에 끌리는 소리가 들린다.

서서히 팔을 들어 본다.

아니 팔이 있던 자리에 생겨난 날개를 펴 본다.

그의 바람은 이루어졌다.

그는 이제 그의 팔과 손으로

하늘을 나는 일 이외에는 아무것도 할 수 없다.

7~3

'수많은 생명 중 하나인 내가, 고작 한 인간이,

이렇게 신을 거슬러도 되는 것인가?

이렇게 자신의 육체를 마음대로 바꾸어도 되는 것인가?

내게 이럴 자격이 있는가?'

7-4

날개로 변한 팔은 가볍지도 무겁지도 않았다.

다만 거대함이 느껴질 뿐이었다.

팔과 손이 없는 인간.

그 댓가로 날개를 얻은 새로운 생명...

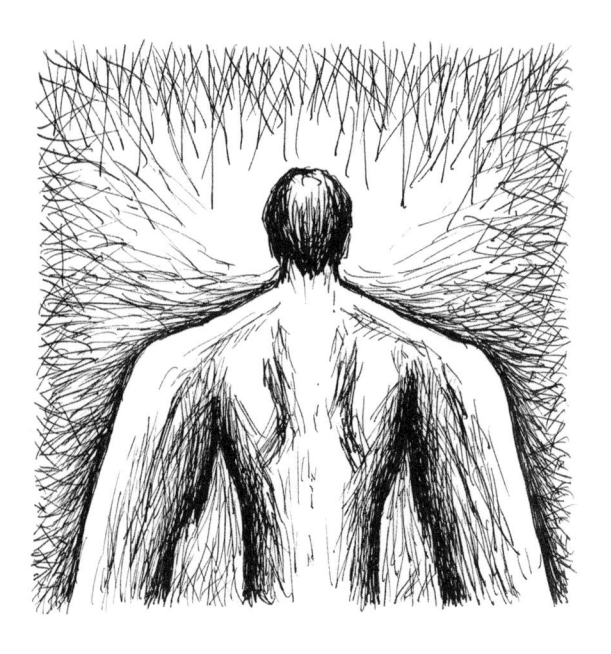

7-5

이드는 자신의 의지로 새로운 첫 생명이 되었다.
그러나 지금 이 순간 그의 깊숙한 곳으로 밀려오는 건
하늘의 환희가 아니라 땅의 서글픔이다.
하늘을 나는 것에 대한 기쁨이 아니라
손이 없는 삶에 대한 두려움이다.

절규

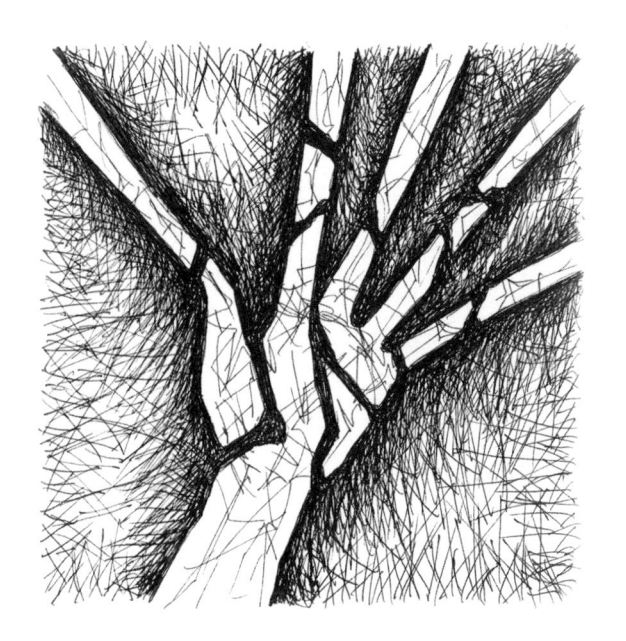

7~6

이렇게도 연약한 인간인 주제에...

이드 자신도 전혀 예상하지 못했던 이 감정,

어떤 인간도 이전에 느낀 적이 없었던 감정이었다.

절규

7~7

'정말 하늘만 날면 되는 것인가?
하나를 위해서 모든 것이 희생된 것 아닌가?'
웃음이 아닌 절규가 찾아온다.

7~8

하늘을 날기 위해서 모든 것을 포기한 인간.

첫 날갯짓이 마지막 날갯짓이 될 지도 모르는 새 생명체.

그는 자신의 이름이 왜 특별한 것인지 알지 못했으나

이제 그의 이름은 특별한 이름이 되었다.

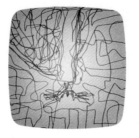

특별한 이름

8~1

신이 떠난 자리에 소리가 남았다.

"이드, 준비된 자여, 너와 나의 만남은 이것으로 끝이다.

너는 이제 운명의 산을 다시 걸어 내려갈 수도,

네 세상으로 다시 돌아갈 수도 없다."

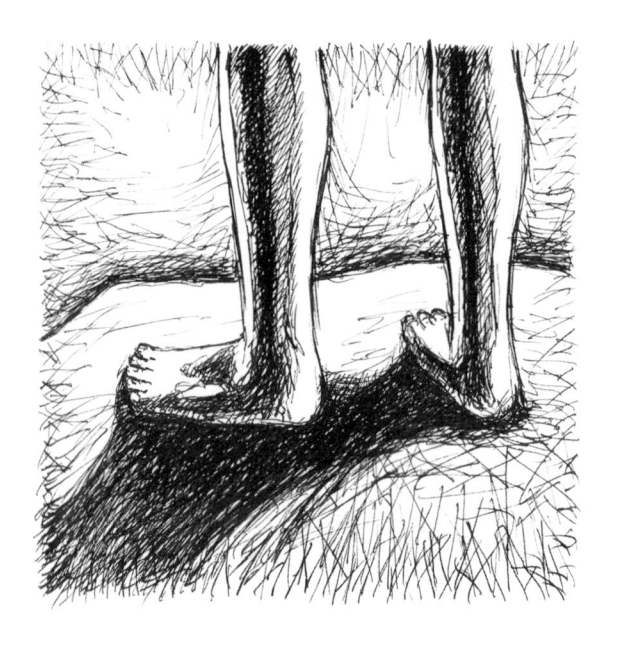

8~2

"자, 이제 새로운 네 두 팔을 퍼덕이며
절명의 언덕 아래로 뛰어내려 보라.
네가 새처럼 날아오를지 비처럼 떨어질 지는
전적으로 네 날갯짓에 달렸다."

8-3

"들었는가?
새로운 삶과 죽음을 이제 시작해 보라,
특별한 이름을 가진 이여."

Contents

THE MOUNTAIN OF DESTINY

1 ~ 1

ID is 41 years old.

He decides again to climb *the Mountain of Destiny*,

which he had climbed three years before.

'Will I regret my decision?

Could I possibly give up my hands to earn wings?'

1 ~2

The Mountain of Destiny is in the middle of *the Eatura Range*.
At the top is a place called *the Hill of Death* where, it is said,
lives a god who has the power to change people's fate.
The Mountain of Destiny was not a mountain of the human
world.
It was an otherworldly place.
No one ever returned from *the Mountain of Destiny*.

1 ~3

Can a man willingly change his own destiny?

Since ancient times people have asked themselves these
questions.

Why would some even choose to refuse their destiny,

as *ID* and others have done?

Why has *ID* been so eager to fly?

If he obtains wings will he be able to fly as the birds do?

ONE TRUE WISH

2–1

He came to *the Mountain of Destiny* three years ago.

He wandered alone for the course of a year searching for

the path not shown on any map.

On *the Hill of Death* there was rumoured to reside *the God*

who will hear, and possibly grant, a person's one true wish.

2~2

There is no point in asking *ID* why he wishes for flight.

The desire to fly has always been within him.

He has always desired to reach unseen heights.

If he can accomplish his dreams...

On *the Mountain of Destiny* could he really meet *the God*

who would transform him?

2-3

Reaching *the Eatura Range* had taken six months of
walking, and it had taken four further grueling months
to come to *the Mountain of Destiny*.

Climbing to *the Hill of Death* had taxed him a further two
months.

There seems to be only a single path to *the Hill of Death*.
He thought, to ascend to that place was the sole reason
that a person would traverse such a mountain.

2~4

After several months of traveling the winding path he reached a cliff face where lifeless looking weeds grew among animated stones.

Though it was wide he felt the space was confined and narrow.

The ground below could not be seen from the height of the sharply chipped cliff.

He realised that he had reached *the Hill of Death*.

THE HILL OF DEATH

3~1

ID shouted loudly to *the God*.

'If I don't call out he may not hear me.'

After a week of calling he ceased.

At that moment he thought he could hear a voice in the wind saying,

"Be absolutely silent, for then *the God* will come to you."

3-2

Half a month later, after many days without food or sleep,
he finally heard *the God*'s voice.

"One who has a special name, you are not ready!"

ID could not accept what *the God* said.

'Not ready?

Despite having left my precious family, my friends, even
the whole world, and having walked for a year to get here?
And I didn't even ask anything...'

3~3

"Dear god, I haven't yet asked anything.

But you must already know why I am here.

Still I will tell you with my own lips.

I wish to have wings and to be able to fly.

To have wings I gave up everything and journeyed here to be before you.

Now, I have nothing to lose.

Test me further if you must.

But, in the end, please put the wings on my back to the sky."

3~4

The God said,

"You are not even worthy to be tested.

If I give you wings, do you think you can fly?

Can you jump down from *the Hill of Death* trusting the
wings on your back?

Do you know how the birds flap their wings on their back?"

The God questions *ID* at his very center.

"How will you flap your wings and be able to fly?"

3~5

At that moment, *ID* felt as if he was being hit in the head by a strong force, it was a feeling that he had never before felt.

If the wings were on his back they would be a burden, and obstruct him from flight.

And he felt *the God* was there before him, if only he reached out his hands.

3~6

The God said again.

"Birds fly with their two arms.

The wings are your arms and your hands.

Without giving up your arms and hands, you cannot get your wings.

Are you really ready to give up your arms and hands, and take the wings?"

3~7

For a moment, *ID* felt like his body was frozen.

He could barely lift his head and look up into the sky.

He saw the birds flying above him.

He dropped his head and looked down at the foot of

the Hill of Death, toward the world of men where he had

spent fourty years of his life.

To him it was still more miserable to have no hands than

not to have wings.

3~8

ID thinks about the fact that his arms and hands have to be changed into wings.

He has never considered the natural fact that to lift his body he must use the muscles in his arms.

He thought, 'I have never had the eyes to see that the bird's arms and hands are dissolved in its wings'.

He accepts he is not ready.

AN ENDLESS IMAGINATION

4~1

Again he came down from *the Hill of Death* by walking for two months.

For four months, he walked down *the Mountain of Destiny*.

For another six months, he walked down from *the Eatura Range* and returned to the home where he lived.

That is what happened three years ago.

4-2

However, the immense desire to fly came from deep within his body.

ID has realized that he truly wants to fly and he cannot exchange his desire with anything else.

He wonders, 'Could I ever live without arms and hands? Really, could I?'

4-3

After he came down from *the Mountain of Destiny*,

ID tried to image a life without arms.

He tied his arms behind his back and tried to live using

only his mouth, his feet, and his body.

And he imagined himself flying, flapping his two wings.

No,

he imagined flying by flapping his arms, not the wings.

4-4

Every night, without fail, when he went to bed he would

imagine himself going up to *the Hill of Death*,

looking down, spreading his arms and flying...

'Can I do it?' he asked himself.

In his dream one night, he flew by flapping his two arms.

4~5

That wasn't the reason that *ID* came back to *the Hill of Death* again.

For countless days he has imagined himself flying,

but no matter how hard he tries it seems he will never

fly with just his two arms.

After ten years, after one hundred years,

it doesn't seem the day will ever come.

4~6

However, he wants to test it out.

Now he is ready.

If he gets the wings, he would like to jump down from *the Hill of Death* flapping his arms, even though he has no arms or hands.

No, flapping his two wings, not his arms, he would like to jump down from *the Hill of Death*.

Even though the first flight will be the last of his life...

WAITING

5~1

On the *Hill of Death* to where he had returned, he held his
breath quietly.

In his most humble and curled posture he waited for
the God's voice, and he closed his eyes.

5~2

'I will be deeply silent from the beginning.

In that way I will not offend *the God*?

I will not open my eyes or get up until my arms turn into wings.

I will not change my posture at all even though I become a stone.

I am ready.'

5–3

He has no idea how many days have passed.

He breathes sparingly, and does not eat.

'I will make my body very light in order to fly at once.

I will not let my flight be obstructed because of the weight

of another organism's body that I have filled my stomach

with to satisfy my hunger.'

5-4

'I won't let my first wing motions become my last.'

5-5

How much time has passed?

Even though he hasn't heard the voice of *the God*,

he feels his body changing.

It may not be necessary for the god to ask him why he

came here, or if he was ready, because he has returned

again.

5~6

He focuses all his nerve on changing the muscle of his shoulders and arms.

'I will not open my eyes or turn my head.

I will not waste any of my energy.'

THE BEGINNING OF CHANGE

6~1

His arms, held together on his back, are slowly loosened.
The muscles on his shoulders are getting bigger and his
elbows are growing large.

There is something happening that can never again be
altered.

'My arms and my hands are transforming into wings.'

6~2

When will the transformation finish?

To wait for the end of change is more difficult than waiting for it to begin.

This happens, not in the passing of human time, but in divine time.

ID is not a human now...

How long has past?

The speed of change is slowing down...

6~3

"Is it completed?"

DESPERATION

7~1

ID can't open his eyes.

He has closed his eyes too long.

He doesn't know why he can't open his eyes,

whether he simply has no energy or whether

he is afraid to look at the changes in his body.

7-2

He slowly lifts his body, stiff like a rock.

He hears something dragging on the ground, but it is not his feet.

He slowly tries to move his arms.

No, he tries to stretch out the wings that are where his arms used to be.

His wish has become a reality.

Now, he can do nothing except to journey the skies with his arms and hands.

7-3

'Can I, a mere human being among many living things,
go against god like this? Can I?
Is it OK if I transform my body in this way?
Am I worthy?'

7-4

The wings were neither light nor heavy.

He just felt they were huge.

He is a human without arms and hands.

A new life with wings for the cost of arms and hands...

7-5

ID has become the first to create, by his own will, a new life for himself.

However,

what came to *ID* at this very moment was not a yearning for the sky, but the sadness of the loss of the earth.

It wasn't the joy of being able to fly, but the fear of the life without hands.

7-6

What a weak and shabby human being...

This is a sentiment that *ID* has never expected and that no humam has ever had before.

7~7

'Is flight really all that I have?

Have I sacrificed everything else for only this one thing?'

In desperation he cries out.

7~8

A human being who has given up everything to fly.

A new living creature whose first flight could be his last one.

He hadn't understood why his name had been a special name, but now it becomes clear.

Desperation

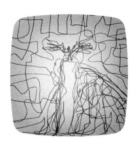

A SPECIAL NAME

8 ~ 1

A divine voice speaks.

"*ID*, the ready one, our meeting is finished now.

Now, you cannot walk down this *Mountain of Destiny*.

You cannot go back to your world again."

8~2

"Now, you must flap your new wings.

You must leap from *the Hill of Death*.

It depends totally on your ability to flap your wings

that you either fly like a bird or fall down like rain.".

8~3

"Did you hear me?

Start now your new life and death.

One with a special name."

ID'S CHOICE

FIRST PUBLICATION	July 1, 2013
RE-PUBLICATION	May 1, 2019
TEXT & ILLUSTRATION	JANG Hyeong-sun
BOOK COVER DESIGN	JANG Hyeong-sun
EDIT	JANG Hyeong-sun
PUBLISHER	ZICONDESIGN
ENGLISH TRANSLATION	Ian-John Hutchinson
PRESSWORK	Lee Sam-young
ISBN	979-11-950924-6-8
E-MAIL	digitalzicon@naver.com
PRICE	₩12,000

The God said.

"You aleady knew *ID,* so your name will be special one.

Therefore, it is not the end."

신이 말했다.

"이드를 알았으니 당신의 이름도 특별한 이름이 될 것이다.
그러므로 이것은 끝이 아니다."

이드의 선택

초판발행	2013년 7월 1일
2판	2019년 5월 1일
글과 그림	장형순
표지디자인	장형순
편집	장형순
펴낸 곳	지콘디자인
영문 번역	이안 존 허친슨
인쇄	이삼영
이메일	digitalzicon@naver.com
ISBN	979-11-950924-6-8
정가	12,000원